LE
NOUVEAU
CONTINENT,

CONTE,

Par une Dame Angloise, Auteur des
Mémoires d'une Femme Galante.

A LONDRES,

Et se trouve à PARIS,

Chez la Veuve BALLARD & Fils, Impri-
meurs du Roi, rue des Mathurins.

M. DCC. LXXXIII.

REPONSE

M. LE BARON TLEM....

EN vérité, mon cher Baron, il faut que vous ayez l'esprit bien mal fait ! Comment est-il possible que vous ayez de pareilles idées ? Quoi ! tout de bon, vous croyez que la Princesse Amérina n'est autre que l'Amérique Septentrionale ? Vous vous figurez que l'Angleterre est désignée sous le nom de *Bionalbo*, pere de la Princesse : vous n'y songez donc pas ? Examinez bien l'ouvrage ; quand vous y aurez bien réfléchi, vous conviendrez que cette prétendue allégorie n'est que ce que j'ai voulu qu'elle fût. N'allez pas sur-tout répandre dans le Public des bruits que je serai forcée de défavouer hautement. Je veux bien vous pardonner en faveur de notre amitié, mais n'y retournez pas.

LE NOUVEAU CONTINENT.

CHAPITRE PREMIER.

L'ANNÉE 1660, un Navigateur Anglois projetta des découvertes vers le pôle *Antarctique*. Au quatre-vingt-deuxieme dégré de latitude une tempête affreuse l'atteignit ; il fit naufrage ; une partie de l'équipage périt dans les flots, une autre se sauva

A

dans une ifle de la mer Pacifique, & lui - même fut jetté fur une côte déferte.

Après une marche de quelques jours dans un pays aride , il arriva dans une plaine très-bien cultivée ; il y rencontra plufieurs habitans : leur maintien n'avoit rien de fauvage ; ils étoient doux & prévenans ; ils exer-çoient l'hofpitalité avec grace & bon-té. Ils s'empreſſerent à lui faire ou-blier fon malheur , & le retinrent pendant bien des années parmi eux.

On lui apprit que le vafte Conti-nent qu'ils habitoient étoit peuplé d'un grand nombre de nations po-licées , gouvernées par des *Fées* & des *Génies* : mais ce qui le furprit davantage , fut l'analogie de leûrs mœurs avec les nôtres , tant il eft vrai que par-tout les hommes fe reſſemblent.

Pendant fon féjour dans ces régions inconnues, il arriva une avanture qui occupoit les plus grands hommes de ce nouveau Continent. La voici copiée d'après fes Mémoires.

CHAPITRE II.

Histoire de la Princesse Amerina.

UN des *Génies* régnans dans ce nouveau Continent, avoit trois fils & une fille.

Biancalino, l'aîné, étoit fier, intrépide, emporté, mais généreux.

Pictoni, le second, étoit orgueilleux & fin.

Landerino, le cadet, & le plus aimable, n'osoit trop manifester son caractere ; ses Gouverneurs l'avoient toujours traité avec beaucoup de rigueur. Son pere, & ses freres ne l'aimoient pas ; on croyoit cependant communément que ce Prince avoit du mérite.

La Princesse *Amerina* avoit des graces & de la beauté ; ses malheurs la faisoient préférer *Landerino* à ses autres freres ; ils se plaignoient quelquefois ensemble , & cherchoient des consolations dans leur amitié. Parmi les *Génies* de ce vaste Continent , il y en a quelques-uns dont le pouvoir est absolu ; d'autres n'ont qu'une puissance limitée. *Bianalbo* , pere d'Amerina , est de ce nombre.

Un Oracle força le Génie à vouer sa fille au célibat. Pendant la grossesse de la Fée , sa femme , ils allerent ensemble consulter l'Oracle. Il leur prédit la naissance d'une Princesse , » qui se rendroit un jour for- » midable par son mariage avec un » Prince tributaire du Génie ; mais » que cette union le dépouilleroit » d'une partie de ses États ».

Cette menace inquiéta le *Génie*; il en fit part à son amie la Fée *Diffimulée*; elle le raffura, & lui promit fon fecours.

Au moment de la naiffance d'*Amerina*, elle mit à l'enfant une ceinture magique; qu'elle attacha avec un cadenat. Te voilà maintenant à l'abri de la menace de l'Oracle, dit-elle au Génie, ta fille ne pourra te nuire, que lorfque trois autres puiffans *Génies* d'accord la protégeront & lui arracheront cette fatale ceinture.

Trois *Génies* d'accord! ce phénomene ne s'eft jamais vu dans notre hémifphere. Je ne crains plus rien, Madame, lui dit Bianalbo. Il reprit fa tranquillité naturelle, & vécut long-temps dans la plus grande fécurité.

CHAPITRE III.

AMERINA croissoit en beauté, son esprit se formoit, & la curiosité ne tarda gueres à lui faire naître de certaines réflexions.

Elle auroit voulu savoir l'usage de la ceinture. Souvent elle interrogeoit sa Nourrice ; mais *Collonide*, femme discrette ; éludoit ses questions ; elle connoissoit l'importance d'un tel secret, d'où dépendoit la gloire du Génie & la tranquillité publique.

La Princesse étoit encore insensible ; mais le moment fatal approchoit où elle alloit perdre son cœur & son repos.

Le Prince *Congrelino*, tributaire du Génie, vint se plaindre des Bia-

A 4

nalbins ; en toute occasion ceux - ci maltraitoient ses vassaux.

Le Génie assembla tous les Grands du Royaume, pour juger la cause de ses sujets , & les punir s'ils étoient coupables. Ils plaiderent si bien leurs droits , qu'ils forcerent *Congrelino* & ses vassaux au silence.

Toute la Cour assistoit à cette assemblée ; les Dames n'épargnerent rien pour y paroître avec avantage ; *Amerina* les effaçoit toutes par sa bonne mine & ses graces naturelles : elle étoit grande & bien faite , la fraicheur de la jeunesse éclatoit dans la vivacité de son teint ; ses yeux tendres & animés exprimoient tout-à-la-fois la langueur de l'amour & le feu du désir. Enfin , toute sa personne offroit l'attrait du plaisir , & la sensibilité de son cœur sembloit n'attendre que l'instant de s'y livrer.

Le Prince *Congrelino* avoit une figure trop diſtinguée pour ne pas produire ces impreſſions ſubites auxquelles on ſe livre de préférence aujourd'hui ; il attira les regards de toute l'aſſemblée ; les femmes ſe l'arrachoient en ſecret , aucune n'eût rejetté ſes hommages après un quart d'heure d'entretien ; il étoit aimable & avoit de l'eſprit. Il ne vit que la Princeſſe ; elle n'eut des yeux que pour lui : une attraction ſubite rapprochoit leurs cœurs, ſans qu'il leur fût poſſible de s'en défendre.

La Fée *Diſſimulée* , quoique dans un âge où l'on n'inſpire plus de déſirs , avoit cependant encore toutes les prétentions d'une jolie femme. Depuis long-temps elle nourriſſoit en ſecret une paſſion pour *Congrelino* ; malgré les avances qu'elle lui faifoit à chaque inftant , il feignoit de ne pas s'en appercevoir. Ce jour elle redoubla d'importunités. *Congrelino*, tout occupé de la Princeffe, ne fit aucune attention à la Fée, elle s'en apperçut , devint furieufe , traita fort mal la Princeffe, & lui dit mille chofes défobligeantes.

Amerina devina trop bien le motif de la Fée ; par prudence elle fe retira dans fon appartement, & ne s'en plaignit qu'à fa nourrice.

Quelle femme odieufe, Collonide ! mais je m'en vengerai. — Et de qui, Madame ? — De la Fée *Diffimulée.* — Elle eft bien puiffante. — Mes charmes furpaffent fon pouvoir.... Mais ne pourrai-je jamais favoir pourquoi je porte cette vilaine ceinture ? elle m'en a plaifantée. — Nous en

parlerons un autre jour. Il est tard ,
le Génie chasse demain, vous l'ac-
compagnerez, si vous ne dormez pas,
votre teint.... — Eh que me fait mon
teint; ma ceinture m'occupe d'avantage.

CHAPITRE IV.

LE lendemain, la Princeffe fonna fes femmes avant le jour ; elle les impatienta par mille caprices. Ce fut la premiere fois qu'on lui connut ce défaut : elle aimoit & n'étoit pas heureufe.

Quand tout fut prêt, le Génie fit monter fa fille dans un char attelé de fix chevaux, qu'elle conduifoit avec beaucoup d'adreffe. Arrivés au rendez-vous, le Génie, fes fils, la Fée & *Congrelino* cauferent un moment avec elle ; le Prince foupiroit, *Amerina* rougiffoit, la Fée obfervoit, & tous trois ils eurent peine à cacher leur trouble.

On lança le cerf, la Cour fe difpersa ; *Amerina* ne pouvant suivre avec son char, coupa les routes de la forêt, pour se trouver où étoit son cher *Congrelino*.

Ses chevaux alloient vîte ; au tournant d'un chemin, elle voit la Fée & le Prince assis au pied d'un arbre. Aussi-tôt un froid mortel glace son sang, ses yeux se troublent, les guides lui tombent des mains ; le char heurte contre un tronc & renverse la Princesse ; des cris perçans s'élevent de toutes parts, les femmes de sa suite se trouvent mal, & la Nourrice se désole.

Le Prince & la Fée accourent à son secours ; l'une lui fait respirer des sels, tandis que l'autre la tient dans ses bras ; on croit que le dernier moyen fut le plus efficace.

Sur ces entrefaites arrive le Génie & toute sa Cour ; les femmes repren-

nent leurs forces ; on retourne au
palais, on couche la Princeſſe, & l'on
ne s'entretient dans les cercles que de
ſon accident & de ſa ceinture.

CHAPITRE V.

COMBATTUE fans ceffe entre la jaloufie, l'amour & fon devoir, la Princeffe paffoit des jours entiers à pleurer ; une fituation auffi pénible devoit finir, ou elle y fuccomboit.

Elle fe décide à confier fon fecret à *Collonide*. Puis-je compter fur toi, lui dit-elle un jour ? — Pouvez-vous douter, Madame, de mon attachement ? — Non, chere *Collonide*. Hélas ! je n'ai plus d'efpoir qu'en ta tendreffe ; fi tu m'aimes !.. — Si je vous aime, Madame ! mon fang, ma vie vous le prouveront. — Je ne demande qu'un peu d'indulgence ; fais moi parler .... à..... — Au Génie ? j'y cours.... — Hé non,

ma chere amie.... au.... — J'entends, au Prince *Congrelino*. — Tu
me devines : mais comment l'introduire ici, fans que mon pere ou ma
gouvernante s'en apperçoivent ? Tu
connois leur févérité ?— Laiffez-m'en
le foin ; je vous promets que vous le
verrez ce foir.

Une Nourrice eft d'un grand fecours à une Princeffe infortunée.

Collonide fe rendit déguifée au
palais du Prince. Fais-moi parler à
ton maître, dit-elle au Confident,
j'ai un fecret important à lui communiquer.

Elle obtint aifément audience ; les
Princes font auffi curieux que les
femmes.

Rendez-vous fur la terraffe du
Palais vers minuit, Seigneur, lui dit-
elle myftérieufement ; foyez difcret ;
je

je ne puis vous en dire davantage , le refte s'éclaircira.

Congrelino , tranfporté de joie , s'y rendit à l'heure marquée. Au bout de quelques minutes une porte s'ouvrit ; une femme enveloppée d'une mante le prit par la main , & le conduifit à la lueur d'une lanterne fourde , au bas d'un efcalier dérobé ; elle l'y fit attendre , & fe retira.

Un Prince jeune & paffionné s'impatiente aifément. *Collonide* ne retournoit pas ; il eut des foupçons , & craignit que dans cette avanture il y eût plus de plaifanterie que d'amour. Sa feinte indifférence avoit indifpofé plufieurs femmes du palais contre lui ; peut-être étoit-ce le moment qu'elles s'en vengeoient.

Il alloit fe retirer, lorfque la même femme revint, le prit par la main ,

B

& l'introduifit dans un fort bel appartement. Une femme affife fur un fopha
fe couvroit le vifage d'un mouchoir:
il l'approche en tremblant. Quel fut
fon étonnement , quand il reconnut
la belle *Amerina* : l'amour, la reconnoiffance l'empêcherent de parler.
N'abufez pas d'une fi grande faveur,
Congrelino , lui dit la Princeffe en
rougiffant. —— Puis-je en croire mes
yeux , répond-il en fe jettant à fes
pieds. ..... Hélas ! je fens l'inconfé-
quence d'une telle démarche. . . . .
—— Regretteriez-vous tant de bonté?
Ah Madame ! laiffez-moi jouir un
moment de mon bonheur. — Je vous
ai fait venir ici pour vous gronder.
—— Moi, Madame ! de quoi fuis-je
coupable? — Vos foins pour une
femme que je hais me déplaifent ;
vous aimez la Fée *Diffimulée.* —Moi !

ah dieux ! Si j'ofois avouer les fentimens de mon cœur ; fi j'ofois nommer celle qui me captive, elle eft digne des hommages de l'univers. Depuis le moment fatal que je l'ai vue, mon cœur brûle pour elle de l'amour le plus tendre ; fon image s'y retrace fans ceffe avec des traits de feu. Ah Madame ! m'eft-il permis de la nommer ? — Je vous en conjure. Le Prince lui ferra tendrement la main ; elle ne comprit rien à cet aveu tacite. Vous héfitez, lui dit-elle, nommez la donc. — Quand on a vu la belle *Amerina*, peut-on porter d'autres chaînes que les fiennes : oui, Madame, je vous aime, & fuis d'autant plus malheureux, que je n'ofe me flatter de retour.....
— Ah Prince ! ma démarche ne vous prouve-t-elle pas.....

J'entends du bruit, s'écria Collonidel

faites retirer le Prince , Madame,
ou nous fommes perdues. Il baifa
plufieurs fois la main de la Princeffe, qui lui promit de le revoir le
lendemain.

CHAPITRE VI.

ON s'étonnera peut-être qu'une jeune Princesse accorde aussi facilement des rendez-vous : mais l'éducation chez ce peuple est différente de la nôtre : les enfans y sont élevés dans les principes de la franchise. Sans la rigueur du Génie envers sa fille, *Amerina* n'eût jamais eu besoin de détours pour faire connoître à son amant les sentimens qu'il lui avoit inspiré : on n'y abuse pas d'un pareil aveu ; la vertu y est le guide du cœur, & l'honneur y met un frein aux désirs illégitimes. Cette réserve, que nous regardons souvent comme la suite d'une bonne éducation, n'est quelquefois que l'art de mieux

féduire, ou de cacher fous un maintien modefte , les rafinemens d'une
coquetterie dangereufe : tout cela eft
inconnu chez ce peuple.

La Princeffe n'avoit reçu d'autres
principes que ceux-ci :

» Soyez honnête , fenfible & fran-
» che, lui répétoit fans ceffe fa gou-
» vernante ; étudiez les devoirs de
» votre rang ; n'oubliez jamais la
» modeftie de votre fexe ; ne faites
» aucune action que celles dont vous
» ne pourrez point avoir à rougir,
» & que vous puiffiez avouer fans
» crainte ; que la générofité & la
» reconnoiffance foient les guides
» de votre cœur ; elles font la fource
» de toutes les autres vertus ».

La Gouvernante, femme honnête,
difcrete & prudente, étoit plus favante qu'aimable ; elle avoit préfi-
dé à plus d'une éducation. Cette

place importante n'avoit été occupée avant elle que par des personnes du plus grand mérite ; elle avoit donné en tout temps de si grandes preuves de capacité , qu'on n'hésita pas à l'en revêtir. Elle cultivoit avec succès les sciences les plus abstraites ; la philosophie , les mathématiques, la physique expérimentale & la broderie du tambour occupoient tous ses loisirs : elle n'avoit pas le temps de moraliser sans cesse son éleve , & de l'ennuyer par de long discours ; elle savoit d'ailleurs que ces morceaux d'éloquence s'oublient à la premiere occasion , & qu'ils ne sont bons que dans un livre.

Mais je m'écarte de mon sujet , reprenons-le bien vîte.

CHAPITRE VII.

LE rendez-vous avoit fait oublier au Prince qu'il soupoit ce soir chez la Fée. L'impatience de celle-ci ne lui permit pas d'attendre qu'il vînt s'excuser, elle envoya Céphise sa confidente pour s'informer d'une conduite aussi singuliere. Elle entra dans le moment où Congrelino , tout préoccupé d'un rêve , nomma plusieurs fois la Princesse. La confidente l'entendit ; elle eut des soupçons ; ils se confirmerent lorsque le Prince refusa de se rendre chez *Dissimulée*.

» Des affaires m'ont empêché de
» la voir hier , lui dit-il , je ne serai
» pas plus heureux aujourd'hui, une
» partie de campagne avec les
Princes ,

» Princes , me retiendra fort tard
» dans la nuit ; témoignez-lui mes
» regrets , je réparerai mes torts un
» autre jour ».

Céphife fe retira peu fatisfaite ,
communiqua fes foupçons à la Fée,
& lui fit entrevoir qu'elle avoit une
rivale. *Diffimulée* fourit amèrement,
ordonna qu'on apprêtât fon char , &
fe rendit au palais.

Elle entra chez le Génie au moment que les Princes & la Princeffe
s'y rendoient de leur côté. Elle em-
braffa celle-ci , lui témoigna plus
d'amitié qu'à l'ordinaire ; puis tout-
à-coup fe tournant vers Biancalino:
A quelle heure partez-vous pour la
campagne , lui demanda-t-elle? —
Je n'y vais pas Madame. — Vous
faites en vain le myftérieux ; tout le
monde n'eft pas également diferet:
Congrelino m'a tout dit , il y va

C

avec vous. ——— Je vous affure que c'eft une plaifanterie. — Ah! vous ne voulez pas qu'on fache que vous y allez en partie.... *Amerina* n'y tint plus, fon trouble faillit de tout découvrir ; elle demanda la permiffion de fe retirer. La Fée fut convaincue qu'elle étoit fa rivale ; dès ce moment elle médita fa perte & celle de Congrelino.

De retour dans fon appartement , la Princeffe s'abandonna dans les bras de fa Nourrice , à la plus vive douleur : elle croyoit que fon amant la trompoit , qu'il facrifioit à une partie de plaifir le rendez-vous qu'ils avoient enfemble le foir. Collonide la raffura , & lui promit de s'éclaircir de ce myftère.

Ia Fée mit en ufage toutes fes rufe pour découvrir l'intrigue entre les deux amans. Elle y réuffit aifément; ils étoient trop épris l'un de l'autre pour être bien circonspects.

Le Prince se rendit le soir à la terrasse; la Fée le suivit sous la forme d'un chat: elle fut témoin de la précaution qu'on usoit pour l'introduire dans le palais.

Aussitôt elle reprend sa forme ordinaire; passe chez le Génie, l'instruit de tout, & se rend accompagnée de lui & de ses trois fils dans l'appartement de la Princesse.

A leur approche, un bruit épouvantable fait retentir tout le palais; ils entrent chez *Amerina*, & la trouvent évanouie dans les bras de son amant. Le Génie arracha Congrelino d'auprès de sa fille, le fit charger de chaînes, & l'envoya dans la tour d'airain.

La Gouvernante accourt, tenant d'une main une sphère, & de l'autre un papier. Que faites - vous, Madame, lui dit le Génie en courroux? —— Je réſouds un problême, Seigneur. — Il vaudroit mieux que vous fiſſiez plus d'attention à ce qui ſe paſſe autour de vous ; ma fille réſout ici un problême qui ne me convient pas ; eſt-ce là l'exemple que vous lui donnez? — Je ne déſapprouve pas, Seigneur, que la Princeſſe s'applique, & qu'elle choiſiſſe l'heure du ſilence pour ſe livrer à l'étude. — Qu'appellez - vous, Madame? Il ne s'agit pas ici d'étude. Voyez ce jeune homme qu'on emmene là bas ; voilà l'étude à laquelle elle s'applique avec tant d'ardeur ; je l'ai ſurpris à ſes pieds. Apprenez à mieux garder votre éleve, ne l'expoſez plus à une autre chute. Pour vous en éviter l'occaſion, je vous ordonne d'accompagner la Princeſſe à la citadelle. Collonide, ſuivez ces Dames.

On les emmena dans l'inflant même, fans qu'il leur fût permis de fe juftifier. La Gouvernante regretta fon cabinet de fciences : la Nourrice fe défola de fe voir fi près de la Gouvernante , & la Princeffe fut inconfolable d'être privée des doux entretiens de fon cher Congrelino.

CHAPITRE VIII.

LA colere de la Fée vint autant d'un refus du Prince, que de la certitude d'avoir une rivale. Une Fée surannée pardonne plus difficilement qu'une autre l'outrage fait à ses charmes.

L'emprisonnement du Prince fit renaître son espoir. Elle conçut le dessein de le subjuguer par la ruse ; elle fit adoucir sa prison, le visita souvent, tâcha d'ébranler sa constance par les plus belles promesses, & n'omit rien pour réussir.

Au bout de quelque temps, le Génie fut moins rigoureux envers sa fille. Il lui donna des livres, entre autres *l'art de se laisser vexer sans se plaindre* ; ouvrage qu'il lui recom-

mandoit de bien étudier : & pour les
momens de récréation , on lui donna
fa boîte à perfiier : il permit auſſi à la
Gouvernante d'achever un fameux
traité de politique , qui n'étoit encore qu'ébauché. Ce traité, auſſi curieux qu'utile, fut deſtiné pour l'uſage
de tous les Génies de ce vaſte Continent ; peu en avoient beſoin , mais
il pouvoit fervir dans la fuite des
temps ; il ne faut répondre de rien.

La Nourrice eut la permiſſion de
fe promener dans l'enceinte du fort,
& de caufer avec les fentinelles.

Cependant, *Diffimulée* ne fit pas
de grands progrès auprès du Prince ;
il étoit inébranlable : elle s'aviſa d'un
ftratagême qui faillit avoir du fuccès.

Un jour qu'elle caufoit familierement
avec lui , elle lui révéla le fecret de
la ceinture magique. Tu ne poffiéderas
jamais *Amerina ,* lui dit - elle , fans

mon confentement ; renonces à préfent à la fidélité que tu lui a promife
fi légerement ; je te promets que je
te l'accorderai un jour : je te ramenerai dans tes États, je t'y comble-
rai de biens ; tu ne te repentiras pas
de m'avoir aimé : fi tu t'obftines, les
plus grands malheurs t'accableront,
Amerina gardera la ceinture toute fa
vie, & tu la perdras pour toujours.

    Il combattit, héfita, & demanda
huit jours pour fe décider.

CHAPITRE IX.

CONGRELINO ne put fe réfoudre à confentir aux propofitions de la Fée ; le moment fatal approchoit , il n'avoit encore rien décidé. La porte de la prifon s'ouvre , il n'ofe regarder, la haine lui fait fermer les yeux, il attend fon arrêt en tremblant ; mais quelle fut fa furprife, au lieu d'entendre la voix de fa perfécutrice ; une voix douce & agréable lui prononça ces mots : » Ne crains rien, » je fuis ton amie ». Il regarde & voit une femme dont la beauté lui parut célefte ; la jeuneffe & la bonté étoient empreintes fur fa figure ; elle lui tendit la main. Tu ne me connois pas, Congrelino , lui dit-elle ; je fuis la

Fée *Prudente* ; je te délivrerai des rufes de ma plus cruelle ennemie ; ma puiffance furpaffe la fienne ; fuis-moi ; tes perfécutions font à leur fin ; tu t'uniras un jour à la belle *Amerina*, mais ce ne fera qu'après bien des fatigues qu'elle effuiera à ton fujet ; trois puiffans Génies la protégeront & la délivreront de fa ceinture : ne perdons pas de temps en vains re-mercîmens ; ton ennemie va venir, prends cet étui, il te garantira de fa malice. Sortons.

Elle embarqua le Prince dans une chaloupe, qui le conduifit heureu-fement dans fes États. Il fit le trajet en peu de temps, quoiqu'il eût des mers immenfes à traverfer. Tel eft le pouvoir de la Fée *Prudente*.

Elle fe rendit auffitôt à la cita-delle, traverfa les cours fous la forme de la Fée *Diffimulée*, & fe préfenta comme telle chez la Princeffe.

Amerina fit un cri d'effroi en la voyant. Pourquoi cette frayeur, lui dit-elle ; je viens vous annoncer de bonnes nouvelles : vous ferez libre avant deux jours. Allez , Madame la Gouvernante, chez le Génie , il vous attend ; les gardes font prévénus de votre fortie. Vous, Collonide, reftez avec la Princeffe.

Quand elles furent feules , *Prudente* reprit fa forme ordinaire. *Amerina* furprife, recula d'étonnement, Collonide ne dit mot ; elle avoit vue quelquefois la Fée chez le Génie Bianalbo.

Qui êtes vous, Madame, lui demanda la Princeffe refpectueufement? Vous paroiffez prendre un vif intérêt à mon malheur ?

Tu ne te trompes pas, belle *Amerina* ; il est permis à ton âge de ne pas connoître la Fée *Prudente* ; on me voit rarement à la Cour de ton pere : depuis que la Fée *Dissimulée* y jouit de sa confiance , je l'ai quittée. Triste aveuglement ! ne s'apperçoit-il pas qu'elle le perd ? Il est temps de te délivrer de la tyrannie de cette femme malicieuse. Le destin t'accorde un avenir heureux ; mais pour en jouir, tu es exposée à bien des travaux ; tu dois implorer la protection de trois Génies , ils t'enleveront la fatale ceinture , te conduiront dans les États de Congrelino , t'uniront à lui ; mais ce ne sera qu'après bien des fatigues.

Cependant si toutes ces difficultés t'effrayent , tu es libre d'y renoncer, tu garderas ta ceinture, & tu vivras tristement éloignée de Congrelino. — Il n'y a rien que je ne fasse pour m'unir à lui, Madame; ordonnez, je vous obéirai.

La Fée lui donna un patapouf, qui contenoit une bouffole. Ce bijoux, lui dit-elle, dirigera la route que vous devez fuivre, en vous rendant chez les Génies vos protecteurs; l'aiguille aimantée s'arrêtera, quand vous arriverez à l'endroit indiqué par le deftin, & reprendra fon mouvement, lorfque vous en partirez: portez-le au col, il vous fervira d'ornement.

Voici une jarretiere, vous l'attacherez à la jambe gauche; tant que vous la porterez, *Diffimulée* n'aura qu'un foible pouvoir fur vous: fi vous la perdez, vous éprouverez les plus grands malheurs.

Prenez cette coquille de noix, jettez-là dans la premiere riviere que vous verrez.

Vous allez entreprendre de longs voyages, ne vous rebutez pas, il n'y a que la perſévérance qui conduiſe au port.

La Nourrice, tranſportée de joie, ſe confondit en remercîmens ; Amerina embraſſa pluſieurs fois la Fée. Sortons, lui dit celle-ci ; vous n'avez pas de temps à perdre ; ſuivez fidellement mes conſeils, & ne vous inquiétez pas du reſte.

Elle reprit la forme de *Diſſimulée*, emmena les deux priſonniers, & les conduiſit juſqu'à l'entrée d'un bois.

CHAPITRE X.

IL étoit tard, la nuit étoit obscure, & la Princesse avoit peur.

Si nous avions mon Page & ma Gouvernante, dit-elle à Collonide. — Passe pour votre Page, Madame ; mais votre Gouvernante, elle nous seroit très-incommode. Depuis notre emprisonnement, elle ne décesse de nous moraliser. A chaque auberge où nous nous arrêterions, elle nous feroit au moins un sermon ; & ma foi, Madame, il est très-ennuyeux d'entendre de longs discours, quand on a faim, & que l'on est fatiguée. — Mais vous ne considérez pas que mes voyages deviendroient doublement utiles : je m'instruirois chemin faisant,

& j'arriverais toute favante chez les Génies que le deftin m'oblige de voir. — J'entends, Madame, vous acheveriez votre éducation pendant la route.

Elles s'entretinrent enfemble de femblables difcours. *Amerina* foupiroit beaucoup ; la Nourrice s'en apperçut. Pourquoi, lui dit-elle affeétueufement, vous affliger ? Vous reverrez bientôt le Prince Congrelino. — Hélas ! Collonide, ce n'eft pas lui qui m'occupe : mon pere ! mes freres ! que direz-vous en apprenant ma fuite ? que diront les Bianalbins ? qu'en penferont les autres peuples ? Il eft cruel, pour une fille bien née, d'annoncer publiquement fa foibleffe; de chercher un appui pour obtenir l'objet aimé; & de faire toutes les démarches. Ah ! Collonide, ah ! Congrelino. ! . . . — Ne vous affligez pas,

pas , Madame; votre deftin ne l'ordonne - t - il pas ? Laiffez - moi faire ;
j'aurai foin de publier par-tout votre
aventure ; je mettrai votre réputation
à l'abri du reproche.

Elles arriverent au fommet d'une
montagne ; les ténebres couvroient
encore la terre. Infenfiblement la
Nature fe développoit , une foible
clarté coloroit l'horizon ; peu à peu
elle devint plus vive ; quelques
rayons annonçoient une lumiere plus
éclatante ; tout-à-coup l'Orient parut
enflammé , & dans l'inftant s'offrit
comme un éclair l'aftre du jour. Les
chans de mille oifeaux faluerent le
Pere de la Nature, & fuccéderent
au filence de la nuit. Un léger voile
formé par la rofée couvroit les ar-
bres & la verdure ; aux premiers
rayons du foleil , il réfléchiffoit une
variété de couleurs innombrables ;

D

l'air exhaloit un parfum qui pénétroit les sens , & répandoit une fraîcheur charmante.

Ce spectacle majestueux transporta l'ame de la Princesse au - dessus des mortels. Ah ! Collonide , s'écria-t-elle ; peut-on être malheureux aussi long-temps qu'on jouit de tant de merveilles ; je me sens renaître..... — J'en conviens, Madame : mais voilà cette riviere tant désirée ; descendons ce sentier , & voyons la fin de notre aventure.

Après bien des fatigues , elles y arriverent. *Amerina* jetta sa coquille de noix dans l'eau ; aussi-tôt un navire parut qui les prit à son bord : l'équipage étoit leste & bien composé ; le Capitaine , homme galant & poli , demanda les ordres de la Princesse , son patapouf pointoit vers les États de la Fée *Courageuse.* On mit à la voile ; leur navigation fut heureufe : tout le monde s'empref- foit de la divertir & de lui faire oublier fes malheurs paffés.

CHAPITRE XI.

LE Génie ne tarda pas à apprendre la fuite de sa fille. Surpris de voir la Gouvernante, il lui demanda qui l'avoit envoyée chez lui. Quand il sut que c'étoit par l'ordre de *Dissimulée*, il s'en étonna davantage. L'arrivée de la Fée découvrit tout le mystère : elle entra d'un air furieux. Je suis étonnée que vous donniez la liberté à Congrelino à mon insçu ; votre clémence dérange tous mes projets, lui dit-elle. — J'ignore qu'il est libre. — Je sors dans l'instant de sa prison, il n'y est plus. — Je vous proteste, Madame, que je ne vous comprends pas; mais vous même venez de me surprendre : pourquoi m'avez-

vous envoyé la Gouvernante ? ⸺
Moi ! Seigneur, je ne l'ai pas vue depuis le jour que vous l'envoyâtes à
la citadelle. ⸺ J'entrevois du myftère ; allons chez ma fille ; éclair-
ciffons-nous, Madame ; je crains des
malheurs que vous n'avez pas prévu.

Ils apprirent bientôt que la Princeffe & fa Nourrice étoient forties
enfemble. Le Génie confterné ne
douta plus de la vérité, & qu'un
pouvoir fupérieur la protégeoit contre
lui. » Tu m'a trompé, dit-il à *Diffi-*
» *mulée* ; je connois à préfent l'im-
» puiffance de ton pouvoir. ⸺ J'a-
» voue qu'une Fée a trompé ma
» vigilance ; mais ne te défefperes
» pas, je te ramenerai ta fille. ⸺
» Hé ! que me font tes vaines pro-
» meffes ! Envoyons après elle ; peut-
» être l'atteindrons - nous ; peut-être
» n'eft elle pas encore fortie de mes

» États ? n'épargnons rien pour la
» ramener ; la douceur aura plus de
» pouvoir que la rigueur : c'est toi
» qui me conseilla d'être sévere ;
» pourquoi t'ai-je écouté ? == Laisse-
» moi le soin d'achever mon ouvrage,
» *Amerina* te sera rendue malgré la
» force du destin ». Elle monta dans
son char, attelé de renards, & fen-
dit les airs avec une rapidité éton-
nante.

Le Public fut bientôt instruit de
l'évasion de la Princesse ; chacun la
jugeoit à sa fantaisie ; on n'omit pas
la circonstance de la ceinture : les
uns blâmerent le Génie , & d'autres
approuverent sa rigueur. Biancalino
prit le plus de part à cet évenement ;
les deux autres Princes s'en occupe-
rent foiblement.

CHAPITRE XII.

Après une navigation heureuse, Congrelino, de retour dans ses domaines, y fut reçu aux acclamations de tous ses vassaux. Quand ils apprirent ses mauvais succès à la Cour du Génie, la joie publique changea en une morne tristesse ; mais lorsqu'il leur raconta son emprisonnement, la fureur fit place à la douleur : ils vouerent une haine implacable aux Bianalbins, jurerent de ne leur plus payer de tribut, & rompirent tout commerce avec eux.

Le Prince profita de ce moment favorable ; il leur communiqua la promesse de la Fée *Prudente*. Mon union avec la Princesse rendra ce pays floriſſant, leur dit-il ; j'attends cet heureux événement du temps & de la protection de trois Génies.

L'eſpoir fit renaître la joie ; on fit des vœux publics , & chacun jouiſſoit d'avance d'un bonheur ſi grand.

CHAPITRE

CHAPITRE XIII.

LA Princesse arrivée chez la Fée *Courageuse*, le navire disparut.

Elle se fit annoncer chez cette Fée, aussi célebre par son courage, que par ses autres vertus. Je viens, lui dit-elle en se jettant à ses pieds, implorer votre secours, & vos conseils, Madame ; l'éclat de vos vertus brille jusqu'à la Cour du Génie Bionalbo, vous voyez à vos genoux la fille infortunée de ce grand Génie : sa rigueur & le destin m'arrachent des bras paternels, & me forcent à implorer la protection de trois Génies : j'ignore leur nom, votre sagesse découvrira peut-être le sens mystérieux de l'Oracle ; il me promet un avenir heureux, lorsque je serai dé-

E

livrée d'une ..... ⸗ On m'a parlée
de votre malheur : levez-vous : votre
fort m'interreſſe ; il me rappelle une
avanture, j'étois bien près d'avoir
auſſi une ceinture : mon courage &
l'amitié de votre pere m'en ont ga-
rantis. La reconnoiſſance ne me permet pas de vous accorder des ſecours contre lui : mais adreſſez-vous
à la Fée *Magnifique*, elle vous ap-
prendra les noms de vos protecteurs.
Amerina alloit ſe retirer ; *Courageuſe*
la retint, l'engagea de paſſer quelqes
jours à la Cour, lui préſenta ſon fils,
& lui fit mille careſſes.

Le Génie *Sublime*, fils de la Fée
Courageuſe, ne négligeoit aucune occaſion de s'inſtruire ; il queſtionnoit
la Princeſſe ſur les mœurs, uſages,
manufactures, commerce, *culte* des
Bionalbins : il écrivoit ſur des ta-
blettes les réponſes *d'Amerina* ; le

foir il les rédigeoit, & fit des re-
marques utiles pour le bien de fes
fujets. ═══ C'étoit un Génie rare.

L'air de refpect & de réferve qu'on
obfervoit à la Cour furprit la Princeffe ; on n'y voyoit pas cette fami-
liarité infultante qu'on a dans quelques pays, ni cette curiofité incom-
mode qui embarraffe fouvent les
étrangers.

Au bout de quatre jours, la Princeffe prit congé de la Fée ; elles
s'embrafferent plufieurs fois, elle lui
donna une lettre pour la Fée *Magnifique*, l'affura de fa *bienveillance*,
& lui donna des preuves d'une par-
faite eftime.

CHAPITRE XIV.

COLLONIDE ne fut pas moins satisfaite que la Princesse, de l'acceuil favorable de la Fée, elle ne put se lasser d'en faire l'éloge. Convenez, Madame, lui dit-elle, que souvent malheur est bon à quelque chose. Sans votre *ceinture*, le Prince Congrelino, la citadelle, & la Fée *Prudente*, vous ne seriez peut-être jamais sortie de votre pays, vous auriez langui tristement dans le palais du Génie votre pere, vous n'auriez pas voyagé par terre & par mer ; vos charmes eussent été ignorés du reste de l'univers ; voilà bien des avantages que vous auriez perdus. Que fait-on ! quelque Prince plus aimable, ou plus puissant que Congrelino, peut avoir

des yeux comme lui; un époux plus...
car enfin... l'Oracle n'a pas nommé
je crois celui qu'il vous destine ? ===
Ne me parles pas d'autre époux, Collonide, lui dit tristement la Princesse,
tu sais que Congrelino me plaît,
qu'il possede seul mon cœur, & nul
autre n'obtiendra ma main. === Il ne
faut répondre de rien, Madame ; à
votre âge on change plus d'une fois...
Non jamais, non Collonide ; je me
sens capable de l'aimer toujours : ===
N'anticipons pas sur le temps, Madame ; débarrassons-nous bien vite
de cette vilaine ceinture, les éve-
nemens dirigeront le reste. Tout en
causant elles approcherent d'une
grande ville nouvellement bâtie :
des quais, des palais superbes annonçoient que c'étoit la capitale
des États de la Fée. Un palais qui
surpassoit en grandeur & en beauté

E 3

les autres, leur fit bientôt connoître
que c'étoit celui de la Fée *Magnifique*.
La voiture s'arrêta près d'un péryftite
de jafpe ; le marbre & le porphyre
s'offroit de toutes parts.

Eſt-ce ici que nous devons entrer,
demanda Collonide à la Princeſſe ?
Ma foi Madame, notre équipage
eſt trop mefquin : nous n'oferons
jamais nous préfenter avec aſſu-
rance : nous ferons mal reçues ; on
nous prendra pour des avanturieres ;
vous avez beau être la fille d'un
grand Génie, c'eſt le premier coup
d'œil, Madame, qui décide : ne vous
expofez pas.... === N'ai-je pas ma
lettre de recommandation.

Elles traverferent de longues collo-
nades qui conduifoient à des appartemens immenfes ; l'or & l'azur annonçoient par-tout le faſte & l'opu-
lence : une foule d'hommes & de

femmes superbement vêtus s'y promenoient en attendant la Fée.

Amerina donna sa lettre à une Dame, & demanda d'être introduite chez *Magnifique* : elle fut admise l'instant d'après.

Approchez fille infortunée, lui di la Fée, cette lettre m'apprend qui vous êtes, & m'a mise au fait de votre avanture. Notre sexe, trop souvent le jouet de la perfidie des hommes, ne doit souffrir leurs rufes, que lorsqu'il ne peut les éviter. J'approuve le projet qui vous conduit ici, mais je ne puis vous fecourir à préfent, l'intérêt public s'y oppofe ; mais je vous aiderai à vous rendre chez les Génies qui s'interreffent à vous. Pourfuivez une auffi noble entreprife, le fuccès excufera vos démarches. Ce vaste empire fur lequel je régne avec éclat n'auroit pas eu

E 4

autant de luftre fi j'avois été timide. Cette ville nouvelle, où tout annonce ma grandeur; ces beaux palais, ces quais fuperbes, ces édifices publics, ouvrages d'un *Génie créateur*, euffent été bien-tôt le partage de l'ignorance, fi je ne les avois pas protégés aux dépends de mon repos. Les Arts & les Sciences trouvent ici un afyle : je ne néglige aucun moyen pour rendre mon nom célebre; c'eft autant à leurs fecours, qu'à la puiffance qui m'environne que je dois ma gloire. Je vous retiens pendant quelques jours à ma Cour , partagez-y les divertiffemens qu'on invente pour amufer mes loifirs.

Amerina jufqu'alors n'avoit pas encore parlé, l'éclat & la fplendeur qui environnoient la Fée l'avoient éblouis à en perdre la parole. Elle eut le temps de fe raffurer : === Nos malheurs m'occupent trop, Madame ; je ne partagerai pas dignement les plaisirs que vous m'offrez. Permettez que je me retire, & que je pourfuive ma route. === Je n'y confentirai pas *Amerina*, vous ne quitterez pas mes États, fans emporter des marques de ma tendreffe.

Auffi-tôt elle ordonna qu'on conduifit la Princeffe & fa Nourrice dans l'appartement contigu au fien. Des Dames, & des Pages vinrent recevoir fes ordres, & lui dirent qu'ils étoient à fon fervice, auffi long-temps qu'elle refteroit chez la Fée. On lui apporta, de la part de cette Princeffe, des diamans & des vêtemens magnifiques.

Après qu'*Amerina* s'en fut vêtue, elle paffa chez la Fée, qui la reçut dans un très-beau cabinet.

Ce cabinet, quoique très - riche, ne le paroiſſoit pas au premier coup d'œil ; il étoit de forme octogone : les murs & colonnes étoient d'albâtre tranſparant. Des rideaux d'une étoffe verd anglois & argent étoit garnis de grandes crépines de diamans , dont les glands étoient de rubis. Des amours de criſtal de roche relevoient les rideaux en feſtons. Le plafond, le parquet, & les meubles répondoient à la magnificence du reſte. Une nombreuſe quantité de bougies parfumées , éclairoit ce beau ſéjour. *Amerina* ne put ſe laſſer de l'admirer. Elles y eurent un entretien ſecret, juſqu'à l'heure du ſouper. A table la délicateſſe des mets, la richeſſe de la vaiſſelle, le choix des vins & des liqueurs, l'harmonie de la muſique, tout annonçoit le goût de la Fée.

Le lendemain elle conduifit la Princeffe au fpectacle ; la falle étoit vafte & fuperbe, l'affemblée brillante ; mais les acteurs, quoique bien récompenfés, étoient fort médiocres. Pendant huit jours la Princeffe paffa tout fon temps à la toilette, en repréfentation & en fêtes : elle s'en ennuya bien-tôt.

≈ Conçois-tu quelque chofe à cette maniere de vivre ? dit-elle un jour à Collonide : — Je la trouve charmante, Madame ; on n'a pas le temps de fe reconnoître.... — Je n'y tiens plus, chere Collonide ; un jour me donne autant de fatigue que toutes celles que j'ai effuyée pendant la route : ≈ Ah ! Madame, que dites vous-là, vous n'êtes pas d'affez mauvais goût, pour vous laffer de tant de belles chofes qu'on voit ici : quelle diffé-

rence de cette Cour à celle de votre
pere ! ce bel appartement que nous
occupons, ces beaux bijoux, ces
belles robes, comment pouvez vous
être insensible à tout cela ? ▬ Je ne
considére ici que les bontés de la
Fée pour moi . . . ▬ Ah ! Madame,
elle vous aime bien ; croyez-moi :
renoncez au projet de la ceinture ;
aussi-bien elle ne vous gêne pas,
restons plutôt chez la Fée ; elle
vous gardera chez elle avec plaisir ;
cela ne vaudroit-il pas mieux que
de courir les champs après ces trois
Génies ? Ils sont peut-être des Seigneurs moins aimables : nous n'en
sçavons rien, Madame ; puis votre
Prince *Congrelino*, il ne vaut pas...
▬ Ménages tes termes, *Collonide* ; ce Prince vaut mille fois
mieux à mes yeux que la Fée &

tous ses tréfors, je ne changerois pas
la possession de son cœur contre
l'empire du monde.

Hâtons-nous de pourfuivre mon
dessein, je vais de ce pas fupplier la
Fée de me congédier, je brule
d'impatience de voir les Génies.

Collonide s'oppofa vainement aux
projets de fa maitreffe ; la Nourrice
fuivit, dans ces conseils, plutôt son
intérêt que celui d'*Amerina*. La
bonne femme aimoit fes aifes ;
d'ailleurs elle étoit déja liée inti-
mement avec une douzaine de femmes du palais. Les quitter ne s'accommodoit pas avec fon humeur
communicative.

La Princeffe fit demander audience à la Fée. Je viens vous prier,
Madame, lui dit-elle, de me per-
mettre de continuer mes voyages :
un plus long féjour pourroit m'être

nuisible : mon pere & la Fée *Diſſi-mulée*, pourroient découvrir ma re-traite; n'étant pas sûre de l'appui de mes protecteurs, je retomberois bient-tôt en leur pouvoir. Je n'ai pas de temps à perdre ; je vous quitte pénétrée de reconnoiſſance, mon cœur gardera le ſouvenir de vos bontés juſqu'au dernier ſoupir. Je n'ai rien fait pour vous ma chere *Amerina* : puiſque vous voulez par-tir ; tout ſera prêt demain à la pointe du jour.

Elle ſe retira fort ſatisfaite de *Ma-gnifique*.

CHAPITRE XV.

D*ISSIMULÉE* découvrit aifément la route que tenoit la Princeffe; elle l'attaignit au moment qu'elle entroit chez *Courageufe*, & l'avoit fuivie jufqu'au palais de la Fée *Magnifique*. Auffi-tôt elle fe rend chez le Génie *Bionalbo*; ta fille implore les fecours de tes alliés, lui dit-elle: feignons; je te promets qu'elle ne réuffira pas: je lui tendrai des piéges où elle fuccombera; 'compte fur mon zele, je te ramenerai la Princeffe avant peu de jours. Elle difparut comme l'éclair.

Diffimulée ne confulte que fa colere dit le Génie, quand elle fut partie; oublie-t-elle la menace de

l'Oracle ? ſes ruſes pourront peut-
être en retarder l'événement ; mais
peuvent-elles me faire éviter ma
deſtinée ? Armons cependant mes
ſujets, retardons le moment fatal,
ne cédons qu'à la force, & triom-
phons encore dans ma défaite.

CHAPITRE

CHAPITRE XVI.

QUAND tout fut prêt pour le départ de la Princesse, la Fée *Magnifique* lui donna une cassette remplie de bijoux ; elle lui fit aussi présent de son portrait garni de diamans, dont chacun valoit une somme immense. Elle la fit accompagner par une suite superbe, avec ordre de ne la quitter que lorsqu'elle seroit arrivée chez le Génie *Bienfaisant*. *Amerina* versa des larmes en embrassant la Fée ; mais la Nourrice sanglotta quand elle prit congé de ses bonnes amies, & qu'elle dit adieu à ce beau palais.

Elles traverserent sans accident des pays arides, montagneux & pau-

F

vres; de grandes forêts, des fleuves rapides : à l'entré d'un pont, les postillons s'arrêterent. Où passerons-nous s'écrierent-ils ? le pont est rompu. Aussi-tôt un jeune homme se présente, sa figure annonçoit la candeur ; il s'approche d'*Amérina* : Écoutez-moi, belle Princesse, lui dit-il : je suis errant au bord de ce fleuve, mes freres m'ont abandonnés, foyez pitoyable, ne me refusez pas la faveur de vous suivre : je vous indiquerai un endroit guéable, où vous passerez fans danger.

Amérina, sensible & reconnoissante, le fit recevoir dans la voiture de ses Pages : on passa le fleuve, & elle continua sa route tranquillement.

Vous vous attacherez ce jeune inconnu, Madame, lui dit Collonide ; ne trouvez-vous pas que sa phifionomie annonce qu'il eſt bien né ? — Que me fait ſa mine ! il ſuffit qu'il ſoit malheureux. — C'eſt fort bien dit, Madame : il nous fera d'une grande reſſource ; quand nous n'aurons plus les gens de la Fée ; il peut nous être très-utile : allez, Madame : une bonne action n'eſt jamais perdue.

Le jour déclinoit, un brouillard épais s'élevoit, & rendoit la nuit fort obſcure. Elles arrivèrent dans un chemin creux, étroit & bourbeux. Malgré l'adreſſe des poſtillons, la voiture verſa ; Collonide fit des cris affreux ; les Pages, les Dames, accoururent au ſecours de la Princeſſe. L'inconnu parut le plus empreſſé auprès d'elle : on tâche de débarraſſer la voiture ; dans cette confuſion, la Princeſſe ſent une main qui fait des efforts, pour lui enlever sa jarretiere ; elle se défend beaucoup ; heureusement elle l'avoit si bien nouée avant de partir ; qu'il fut impossible à la Fée *Dissimulée* de la lui arracher. Le jeune homme, auquel *Amerina* s'étoit tant interressé, n'étoit autre que cette femme malicieuse ; la Princesse la reconnut au moment qu'elle disparut.

Amerina fit part à sa suite du danger qu'elle venoit d'éviter ; tout le monde la félicita, mais sur-tout la Nourrice. Vous voyez , Madame, lui dit-elle , combien il est important de bien attacher sa *jarretiere*. === Toutes les *jarretieres* ne font pas de la même conséquence Collonide. === Je sais cela, Madame ; de la vôtre dépend le bonheur de tout un peuple , l'établissement d'un nouvel.... === Et ce qu'il y a de plus intéressant encore , mon hymen avec

Congrelino. === Je conçois, Madame, que fi toutes les *jarretieres*
étoient de cette importance, on ne
permettroit à perfonne d'en porter.

On avertit la Princeffe qu'elle étoit
dans les États du Génie *Bienfaifant*;
il régnoit fur un peuple qui ne ref-
fembloit pas aux autres nations ; il
avoit des ailes, à peu près comme
le Zéphyr, dont il porte le nom.

CHAPITRE XVII.

Partout où elle paffoit, une foule de Zéphyriens fe trouvoient fur fes pas, ils la regardoient avidemment.

Les Zéphiriens me paroiffent aimables, dit la Princeffe à fa Nourrice; j'aime affez leurs aîles, je trouve qu'elles leurs donnent de la grace. — Je fuis de votre avis, Madame. — J'en augure bien, Collonide ; rarement un peuple eft méchant : qui porte auffi vifiblement les marques de fon caractere. — Ils n'ont pas ce maintien fombre & réfléchi qu'ont nos Bionalbins ; ceux-là ont l'air de faire la mine à tout le monde ; ne trouvez-vous pas que j'ai raifon, Madame ? — Sans doute. — Je me meurs d'en-

vie de voir le Génie : favez-vous
quelques particularités de lui, Madame ? — Non : je fais qu'il eſt noble,
généreux, & juſte, clément & bienfaifant ; qu'il aime fon peuple, &
que le peuple connoît le bonheur
d'être gouverné par un Génie, dont
les bonnes qualités donnent l'exemple
des vertus. Vous voyez leurs aîles,
Collonide? — Oui Madame : elles
annoncent l'inconſtance? — je le fup-
pofe, Madame. — hé bien ! dès
qu'il s'agit de la gloire du Génie,
les Zéphyriens femblent les oublier.

Les femmes ici ont un grand
empire fur l'eſprit des hommes ;
foumis à leurs volontés, ils reſ-
pectent juſqu'à leurs caprices. Jugez
Collonide, lorfqu'un peuple aime
autant notre fexe, fi je ne dois pas
me flatter de l'intéreſſer à mon
fort — ? Que ne fommes - nous

nées Zéphyrines, ma belle Princesse! si vous aviez eue ce bonheur, je parie que vous n'auriez
jamais fait des démarches pour
épouser Congrelino .... ═══ Je n'aurois jamais eue de ceinture Collonide : les situations changent avec
la naissance. ═══ J'entends, Madame,
votre destinée fut de naître la fille
de *Bionalbo*, d'avoir une ceinture
magique au lieu d'aîles, tout cela
se comprend, & je ne dis plus rien.

Elles approchent d'un vaste & Magnifique palais. Mon parapouf m'annonce, dit *Amerina*, que voilà le
palais du Génie.

CHAPITRE

CHAPITRE XVIII.

UN Seigneur zephyrin reçut la Princesse à la descente de sa voiture, il lui présenta la main, lui fit plusieurs questions, sans lui laisser le temps d'y répondre. C'est le caractere général de ce peuple, la vivacité les emporte toujours.

En traversant les appartemens, une foule de zephyrins, & de zephirines l'examinerent attentivement. On admiroit sa taille, ses yeux, ses traits, son teint, ses graces, & jusqu'à la Nourrice; rien n'échappa à leurs regards curieux.

Ils s'informoient en passant à Collonide du sujet qui les amenoit à la Cour du Génie. Elle demanda

G

tout bas à la Princeſſe, ſi elle pouvoit leur parler de la ceinture; *Amerina* lui fit ſigne que non, la Nourrice fut forcée de garder un ſilence,
qui ne s'accommodoit pas avec ſon
deſir d'être polie.

Arrivées à l'appartement du Génie,
il la reçut avec cette bienveillance
qui annonce la bonté de ſon cœur.
Après quelques politeſſes de part
& d'autre, il la conduiſit dans l'appartement qu'on lui avoit deſtiné.
Le Génie l'y laiſſa, & revint peu de
temps après la revoir.

La Princeſſe ne ſçut comment lui
expliquer l'objet de ſon voyage:
juſqu'alors elle ne s'étoit adreſſée
qu'à des Fées: avec un Génie, une
pareille confidence devint tout-à-
fait embaraſſante.

Enfin après bien des combats avec
ſa raiſon, elle rompit le ſilence. Je

suis forcée Seigneur à vous être importune, lui dit-elle, en rougissant : le destin .... la Fée *Dissimulée* .... la colere de mon pere .... Puis elle s'arrêta. —— Vous hésitez, Madame : parlez, vous pouvez avoir toute confiance en moi. —— Ah Seigneur ! mon bonheur, mon repos, dépendent de vous : puis-je espérer que vous ne me refuserez pas ? l'Oracle vous destine ... à m'enlever... —— Hé quoi, Madame ? —— Une ceinture .... —— Si c'étoit celle de Vénus ..... les Graces me puniroient ; mais non, c'est sans doute une autre ceinture, Madame. —— Vous vous plaisez Seigneur à jouir de mon embarras. Celle dont je vous parle, est tissue par une main ennemie ; la Fée *Dissimulée* me l'attacha, au moment de ma naissance, pour m'empêcher de m'unir un jour à Congrelino. Sa précaution deviendra

G 2

inutile : fi vous voulez , d'accord
avec deux autres Génies m'aider à
m'en débaraffer ; tel eft l'ordre du
deftin.

— Je ne refufe jamais mon fecours
aux opprimés : que pourrois-je refu-
fer à une Princeffe auffi aimable ?
d'autres moins intéreffantes que vous,
ont éprouvées l'effet de ma protection, la renommée doit vous l'avoir
appris, Madame : elles étoient triftes
& languiffantes ; par mon affiftance ,
elles ont retrouvé la fraicheur &
la fanté. Comptez fur moi ; il eft
tard, vous êtes fatiguée ; remettons
à demain à parler plus amplement
de cette affaire. Le Génie fe retira
avec ce ton d'aifance & de politeffe
qu'on ne voit qu'à fa Cour.

CHAPITRE XIX.

ON n'ignora pas long-temps à la Cour, l'aventure de la Princesse ; les uns la plaignirent, d'autres en plaisanterent, plusieurs s'offrirent à verser leur sang en sa faveur. Les zephyrins, dont l'enjouement est porté à l'épigramme, ne négligent cependant aucune occasion, d'aider ceux mêmes qu'ils ridiculisent. *Amerina* reçut toute la Cour à son lever. Elle paroissoit plus belle, depuis qu'on savoit son malheur.

N'est-il pas affreux, s'écria une vieille zephyrine, que tant de graces & de jeunesse soient forcées déja à des privations...... ⸺ Si le Génie lui refuse son secours, dirent quelques vieux zephyrins, nous l'aiderons de toutes nos forces. Les jeunes lui offrirent leurs bras & leur fortune; les plus aimables zephyrines tâchoient de la consoler, enfin ce fut un enthousiasme général, & elle vit un empressement universel de lui plaire.

Profitez de cette bonne disposition, Madame, lui dit Collonide, débarrassez-vous bien vite de votre... — Eh le puis-je? le Génie malgré sa bonne volonté, ne peut agir seul dans cette affaire. Oublies-tu que le destin ordonne, que deux autres le secondent? — Je l'oubliois, Madame, mais il me paroît que vous n'avez plus le même empressement? — Hélas! tu me connois bien mal: je n'aspire qu'après le moment de rejoindre mon cher Congrelino. — Comment, Madame? vous y pensez encore:

nous ne nous amuferons pas fi bien
chez lui qu'ici : vous vous ennuyerez
dans fon pays.... ⸺ S'ennuie-t-on
avec l'objet qu'on aime ? ne goûte-t-
on pas mille plaifirs, qu'ignore l'indifférence ? Tous ces propos font
fort beaux dans un roman ; pour moi,
Madame, qui connois le monde,
je ne m'y expoferai pas de gaieté de
cœur. Reftons plutôt ici : je fuis
enchantée des zephyrins : chez eux
tout refpire le plaifir ; leur légère!
leur bonne humeur, leur efprit......
Ma foi je préfère cette Cour-ci à
celle du Génie votre pere, de la
Fée Courageufe, de la Fée Magnifique ; & même de celle du Prince
Congrelino.... ⸺ Tu ne les connois
pas Collonide. ⸺ J'en conviens,
Madame, mais je m'en fais une
idée. ⸺ Tu ne fais pas juger des
Cours, & tu ofes décider. Ah Ma-

dame ! quoique je ne suis qu'une Nourrice, j'ai bien remarqué qu'il y a trop de réserve à la Cour de la Fée *Courageuse*, & trop de faste à celle de la Fée *Magnifique*. Chez l'une je m'ennuyois, chez l'autre j'étois dans un étonnement continuel, & ne jouissois de rien : aulieu qu'ici c'est tout différent, je jouis toujours. L'arrivée du Génie empêcha Collonide d'en dire davantage. Il est temps charmante *Amerina*, de vous communiquer mes projets, lui dit-il. Le destin m'accorde l'enlevement de votre ceinture, mais me refuse la satisfaction d'agir seul en votre faveur. Allez chez les Génies *Majestueux*, & des Marais : informez-les des dispositions où je suis, ils se joindront à moi pour vous servir. J'aurois voulu vous épargner les fatigues de ce voyage, mais un pouvoir supérieur s'y oppose. Le rendez-vous est dans mes États; à votre retour nous nous embarquerons ensemble, & nous vous conduirons où le destin vous apelle.

La Princesse voulut se jetter aux pieds du Génie, il l'en empêcha, & lui baisa la main très affectueusement.

CHAPITRE XX.

QUAND on fçut à la Cour que la Princeſſe partoit pour celle du Génie *Majeſtueux*, pluſieurs zephyrins obtinrent la permiſſion de l'y accompagner. Jamais voyage ne ſe fit plus gaiement; par-tout où elle s'arrêoit, les plaiſirs ſembloient ſe réunir pour la divertir. Son peu de ſéjour parmi les zephyrins l'avoit déjà rendue plus aimable. Sa converſation étoit plus légere, ſon imagination plus vive: la Nourrice elle-même parut être changée à ſon avantage ; y a-t-il de quoi s'étonner? quand on a de l'eſprit, on prend bien-tôt le *ton* de ceux avec leſquels on vit.

La route quoique longue & pénible, ne l'ennuia pas. Elle ſe trouva

fur les terres du Génie, fans qu'elle
s'en fût apperçue. Nous fommes dans
les États de *Majeftueux*, Madame,
lui dit Collonide. — Comment le
fais-tu? Je m'en apperçois aux habitans, ils font lents & graves, le
pays n'eft pas fi bien cultivé, que
celui des zéphyrins, je ne crois pas
que nous foyons auffi agréablement
ici, que d'où nous venons. Ne valoit-
il pas mieux y refter? Cette maudite
ceinture trouble tous nos amufe-
mens. — Tu en parles à ton aife Collonide... Je voudrois te la voir pendant
huit jours. — Ah Madame! Je n'en fe-
rois pas embaraffée. — Que ferois-tu?
— Je ne puis pas m'expliquer libre-
ment devant une fi grande Princeffe:
voyez-vous ce palais là bas, c'eft fans
doute celui du Génie.

— Confultons mon patapouf.... tu dis
vrai, Collonide.

La voiture arrêta devant un vaste,
& antique Palais. Elles traverferent
plufieurs falles mal meublées & fort
fombres, elles n'y virent perfonne.
Au bout d'une longue gallerie, elles
apperçurent quelques hommes qui
vinrent refpectueufement au devant
de la Princeffe. Ils l'examinerent
pendant quelque temps en filence,
& puis lui demanderent fon nom. Je
fuis *Amerina*, leur dit-elle, fille
du Génie Bionalbo : mon nom n'eft
pas inconnu dans ce Palais. Je vous
prie de m'annoncer au Génie, j'ai
des affaires d'importance à lui communiquer.

Ils fe retirerent lentement & ne
revinrent qu'après bien du temps,
ils offrirent la main à la Princeffe, &
à fa Nourrice, & les conduifirent en
filence jufqu'au cabinet du Génie.

Majeflueux affis dans un fauteuil,

avoit à ses côtés , son grand *Furettier* , & l'inspecteur général de
ses pensées. Son air inspiroit le res-
pect , celui du grand *Furettier* , la
crainte , & l'Inspecteur général, le
doute & la méfiance.

Amerina eut désiré que le Génie
l'eut reçu seul, ces deux hommes qui
la regardoient obliquement, lui ins-
pirerent un effroi , qu'elle n'auroit pas
éprouvé avec le Génie.

Il est embarassant de parler d'une
aventure comme la sienne , devant
plusieurs hommes. Elle souhaitoit ar-
demment que le Génie l'eût devinée ,
& lui eût épargné la honte d'un aveu,
mais il falloit parler.

Après qu'on l'eut saluée , un profond silence s'observa de part &
d'autre ; à la fin cependant *Amerina*
le rompit.

Je viens, puissant Génie, implorer votre secours, lui dit-elle : une ceinture magique.... Elle se tut, sa rougeur dit le reste.

Une ceinture, reprit le *Grand Furetier*, est souvent utile : même nécessaire, répliqua l'Inspecteur Général ; autrefois elles étoient fort à la mode ici : je ne désapprouverois pas que l'usage en revint, dit gravement le *Furetier*. Ah ! Seigneur, répliqua *Amerina*, que dites-vous ? Ce propos me prouve assez que vous n'en eûtes jamais.

Poursuivez votre récit, Madame, lui dit le Génie.

La Princesse lui fit alors un détail exact de tous ses malheurs depuis le moment de sa naissance, jusqu'à celui où elle parloit. *Majestueux* l'écouta sans l'interrompre. « Vous voyez, Seigneur, continua-

» elle, que mon deſtin dépend de
» vous, du Génie bienfaiſant & de
» celui *des Marais*. C'eſt à vous trois
» qu'eſt réſervé là gloire d'accom-
» plir la promeſſe de l'oracle ; ne
» refuſez pas les prieres d'une jeune
» & malheureuſe Princeſſe ; elle im-
» plore à vos pieds la fin de ſon in.
» fortune ». Le Génie ſe leva, &
lui dit gravement qu'il ne ſouffriroit
pas une Princeſſe à ſes genoux : je me
jetterai plutôt aux vôtres, Madame,
continuat-il, en lui donnant la main.

Seigneur, lui dirent le grand *Furettier* & l'Inſpecteur, nous eſtimons
que dans une ſemblable conjoncture
le parti le meilleur à ſuivre ſeroit de
conſidérer, peſer & réfléchir avant
de rien délibérer ; au moins, en attendant, qu'on loge la Princeſſe & ſa
ſuite, dans un pavillon ſéparé du palais.

Pluſieurs jours ſe paſſerent ſans

qu'*Amerina* pût obtenir une réponse.
Elle s'ennuya beaucoup; cependant
un soir on annonça *l'Inspecteur Général.* Faites retirer tout le monde,
lui dit-il, mes entretiens relatifs à
ma charge, n'admettent jamais de
témoins. La Princesse renvoya sa
suite.

Lorsqu'ils furent seuls : vos in-
térêts & ceux du Génie, mon maître, exigent qu'on essaye des moyens
plus prompts pour vous désenchan-
ter, lui dit-il : j'ai des secrets ad-
mirables ; le charme le plus puissant
cede quelquefois à mes paroles
mystérieuses ; le vôtre, Madame,
ne sera peut-être pas plus difficile à
vaincre. === Mais l'oracle, Seigneur?
=== Un oracle, Madame, est souvent
obscur : le vôtre parle de trois
Génies ; ne se peut-il pas qu'ils se
trouvent dans ce palais? Ma puissance

&

& celle du *Grand Furetier*, égale bien celle de tout autre : essayons, Madame, si mes efforts ne répondront pas à ma bonne volonté, j'aurai au moins l'avantage de vous avoir prouvé mon zele.

La Princesse y consentit. Malgré les *amulettes*, les *talismans* & toutes les paroles mystérieuses dont il se servit, la ceinture fut immobile. Il sembloit presque qu'elle reprît de nouveaux liens. Il fallut renoncer au désenchantement & se soumettre aux décrets du destin. L'Inspecteur se retira peu satisfait de cette épreuve ; dit mille choses galantes à la Princesse, lui baisa plusieurs fois la main, & lui promit une protection sans bornes auprès du Génie.

Hé bien, Madame, lui dit Collonide après qu'il fut retiré, sommes-nous désenchantées ? — Moins que

H

jamais; je crains fort que cette épreuve ne me foit nuifible ; ma ceinture me gêne cruellement. ═══ Pourquoi confentiez-vous qu'il fe mêlât de vos affaires? Vous êtes trop bonne, Madame. ═══ Que veux-tu que je faffe? Un homme galant , poli , honnête eft fûr de fe faire écouter : *L'Infpecteur* eft tout différent en tête à tête , que lorfqu'on le voit dans le public; je reviens déjà fur fon compte. Tu vois, Collonide, qu'on ne doit jamais décider fur le premier coup d'œil. ═══ Je penfe tout comme vous à préfent, & veux me corriger de ma mauvaife habitude ; j'étois affez injufte pour le foupçonner un peu hypocrite. ═══ Fi donc , Collonide : un homme de fon état eft à l'abri de toute imputation ; l'hypocrifie eft un vice abominable. ═══ Hé ! Madame, je ne dis rien moi, mais souvent je ne juge pas mal. Je crains fort que le Seigneur *Inspecteur*....., ▭ Je t'ordonne de te taire & de voir où sont mes Zéphyrins, il me tarde de les entretenir de cette aventure.

CHAPITRE XXI.

L E *Grand Furettier*, pour le moins aussi zélé que *l'Inspecteur*, eut dessein d'être utile à la Princesse : pendant l'audience, il avoit formé des projets sur son cœur. Si je réussis, dit-il en lui-même, que ne peut la reconnoissance sur une ame généreuse ! La Princesse me paroît sensible ; le service que je lui rendrai la disposera en ma faveur. N'épargnons rien pour lui plaire ; je suis aussi habile dans cet art, que dans celui de me rendre redoutable.

Il se présenta chez *Amerina*, dans tous les honneurs de sa charge. Un cortége nombreux le précédoit ; les uns étoient vêtus de robes lugubres ; d'autres

avoient des vêtemens couverts de
caractères hyrogliphiques; quelques-
uns ressembloient à des démons,
& plusieurs avoient l'apparence de
spectres. Il entra chez la Princesse
accompagné de sa suite. Ah, ciel!
s'écria-t-elle, que signifie cet appa-
reil horible? cette troupe mena-
çante? Veut-on ma mort? suis-je au
pouvoir de quelque Génie malfai-
sant? === Ne craignez rien, Madame,
lui dit le *Grand Furettier*, je me
rends chez vous dans le plus grand
éclat, pour rendre public le vif
intérêt que je prends à vous. === Faites
retirer ces monstres, où je ne puis,
Seigneur, m'entretenir avec vous;
je tremble chaque fois que je vous
regarde. Il les renvoya dans l'instant, en priant *Amerina* de lui accorder
une audience secrete.

Quand ils furent sans témoins

mon deſſein, en vous voyant, lui
dit-il, fut de vous offrir le premier
mes ſervices : *l'Inſpecteur* m'a pré-
venu. Il s'eſt ſervi de bien foibles
moyens, Madame, pour rompre le
charme qui vous captive ; j'en em-
ploie de plus efficaces. Ayez toute
confiance en moi, je vous promets
que vous vous en trouverez bien :
je réponds du ſuccès. ═ Mais,
Seigneur, votre air n'annonçoit
pas tant de bienveillance. ═ Ne
me jugez pas à ma mine, belle
Amerina; ce dehors grave & auſ-
tere cache un cœur ſenſible & tendre.
Les charmes de votre ſexe ont toujours eu un puiſſant pouvoir ſur mon
eſprit ; jugez, Madame, de l'impreſ-
ſion que doivent produire les vôtres?
vous dont la beauté ſurpaſſe tout ce
que j'ai vu de plus aimable. ═ Vous
m'étonnez, Seigneur. ═ Vous le

feriez bien plus , fi je ne vous
rendois pas l'hommage qui vous
eſt du : mais c'eſt trop long - temps
retarder votre déſanchantement, permettez , Madame , que j'y travaille.

Il prononça , comme l'Inſpecteur , des paroles inintelligibles ;
fit pluſieurs contorſions, roula ſes
yeux d'une manière épouvantable ;
la Princeſſe eut peur, appela ſa nourrice ; elle accourut à ſon ſecours,
déconcerta le *Furettier*, qui voyant
que ſes efforts étoient inutiles, ſe
retira tout confus de n'avoir pas mieux
réuſſi.

Il faut que j'aime furieuſement
Congrelino, Collonide, pour m'ex-
poſer à toutes ces épreuves. ⟶ Je
vous l'ai toujours dit, Madame,
vous vous obſtinez à votre malheur;
croyez-moi, renoncez à cet extra-
vagant projet, & retournons à Zé-

phyre. ▬ Après avoir fait toutes les démarches, tu me conseilles de renoncer à mon bonheur ? Non, non Collonide, tu connois mal *Amerina*; jamais elle ne s'arrêtera en si beau chemin. La Fée *Prudente* m'a surtout recommandé , de ne me pas rebuter. ▬ J'ai tort, Madame, je ne songeois plus à la Fée *Prudente*. On vint avertir la Princesse que le Génie l'attendoit ; elle se rendit chez lui.

Il est inutile, de lutter contre la force du destin. Partez , Madame, lui dit-il ; contez sur mon secours, je vous protégerai de tout mon pouvoir. Il lui fit un présent & la congédia aussi gravement qu'il l'avoit reçue.

La Princesse & toute sa suite partit sur le champ, pour les Etats du Génie des *Marais*.

CHAPITRE

CHAPITRE XXII.

JE crois que ce peuple fait rarement des bévues, lui dit Collonide. === Pourquoi cela ? === Ils réfléchiffent plus dans un jour, que d'autres dans une année. L'on dit, Madame, que la réflexion eft la fource de la prudence, & quand on eft prudent, on eft lent; c'eft donc pourquoi ils ne font pas... === Il me paroît que tes réflexions t'égarent : laiffe-là ta prudence, elle ne fert fouvent qu'à perdre l'occafion d'agir. === Ah ! cela eft vrai, Madame, c'eft ce que je voulois vous dire : il vaut mieux, n'eft-ce pas, faire une fottife légerement? === Oui,

I

Collonide, quand elle ne peut avoir de conféquences. === Connoiffez-vous le peuple où nous allons, Madame? === J'en ai une foible idée. === Eſt-il plus amufant que les *Gravadellos*? === Je l'ignore ; tout ce que j'en fais eſt , qu'il tire fon origine de ceux-ci. === Tant pis , Madame ; je me fuis déjà tant ennuyée chez les *Gravadellos*, je crains d'éprouver le même tourment chez les autres. Quel dommage, Madame, que votre gouvernante n'étoit pas avec nous. === Pourquoi , Collonide? === Ah ! Madame, elle auroit déployé toute fa fcience chez les Seigneurs que nous quittons. Son efprit folide & profond auroit fait fortune parmi eux; l'Inf-pecteur & le *Furettier* l'auroient admirée; elle fe feroit fait un grand nombre de partifans dans le pays des

Gravadellos ; on m'a dit que ce peuple aime tout ce qui tient du merveilleux. Ne m'avez-vous pas dit fouvent, que fon efprit étoit merveilleux ? qu'il falloit l'étudier avant de le comprendre ? === Oui. === Hé bien, Madame leur caractere réfléchi, fe feroit accommodé d'un genre d'efprit auffi fublime. C'eft cependant une belle chofe, que je n'envie pas, s'il faut vous dire la vérité, tant je fuis contente de mon fort. Pour moi , je fuis tranfportée de joie, lorfque je fonge que j'ai eue le bonheur de nourrir une grande Princeffe comme vous : une nourrice a plus d'avantage auffi qu'une gouvernante ; je ne troquerais pas cet honneur contre le fien, pas même contre celui des plus grands Génies, niméme contre la fortune de la Fée *Magni-*

fique. Et quand je confidere.......

—— Que tu te perds dans tes longs raifonnemens, Collonide, lui dit la Princeffe en riant; laiffe-là ton éloquence, & vois fi nous approchons du palais du Génie. —— J'apperçois, tout là bas, une épaiffe fumée : ne feroit-ce pas un brouillard ? mais, non; car je diflingue des maifons.

Un croaffement de grenouilles fe fait entendre de loin. Des vapeurs marécageufes exhaloient une odeur infupportable ; à mefure qu'on approchoit, la vapeur & le bruit augmentoient. Bientôt elles virent des troupes de grenouilles traverfer le chemin; leur nombre empêcha les chevaux de marcher. La Princeffe crioit à chaque inftant, faites attention de n'écrafer perfonne. Elle jugeoit qu'il ne falloit pas fe

préfenter fous de mauvais aufpices,
fi elle vouloit accelérer la réuffite
de fa miffion.

Miféricorde, Madame! s'écria la
Nourrice toute épouvantée ; eft-ce
là le Peuple qu'il faut implorer ?
On ne vous comprendra pas. ——
Mais le Génie des Marais eft tout
différent, il ne reffemble pas à fon
Peuple. —— Tant mieux, Madame,
il ne faut pas faire un voyage inutile.

Un palais fimple, entouré de ro-
féaux , n'offroit aux yeux qu'une de-
meure commune. Elles y entrerent
& traverferent plufieurs falles qui
annonçoient plutôt des magafins, que
les appartemens d'un puiffant Génie.
Des ballots, des caiffes, toutes fortes
de marchandifes en faifoient les
meubles. Des grenouilles s'occupoient à les changer de place, d'au-

I 3

tres grenouilles écrivoient ; aucune
ne fit attention à la Princesse. Elle
continua son chemin jusqu'à ce qu'elle
apperçût un pavillon ouvert de tous
côtés. Elle y entra. On découvrit,
dans ce pavillon, d'une part la mer
couverte de vaisseaux. Les uns par-
toient, d'autres arrivoient. D'une
autre part, on distinguoit une ville
immense. Une foule de peuple paroîs-
soit être dans un mouvement continuel.

Amerina trouva le Génie assis devant une grande table couverte de
papiers, de registres, de caractères
arithmétiques, de cartes géographi-
ques, où l'on voyoit, dessiné en
grand, les ports les plus renommés,
les différentes routes des Naviga-
teurs les plus célèbres, & les villes
les plus commerçantes.

De grand tas d'or & d'argent mon-

noyés; des lingots de ces deux mé-
taux; des caisses remplies de perles
& de diamans, étoient jettés pele-
mêle, dans tous les coins du pavillon; enfin le Génie des Marais n'é-
toit entouré que de tréfors.

Ce Génie n'avoit que quatre pieds
de haut, & autant de circonférence.
De petits yeux qui clignotoient
continuellement, un nez épaté qu'on
diftinguoit à peine; une bouche grande
& les dents noires, faifoient tout l'ornement de fa figure.

Son habillement, pour le moins
aussi remarquable que fon vifage,
étoit compofé d'une douzaine de
bonnets fourrés, qui couvroient une
énorme perruque. Plufieurs cimarres
bigarrées de différentes couleurs,
cachoient autant de foubreveftes.
Une large ceinture d'où pendoit des

bouſſoles, des lunettes & pluſieurs
inſtrumens de mathématiques, cei-
gnoit toute cette ſinguliere parure.
Il avoit un Repréſentant beaucoup
plus aimable, mais alors il ne fai-
ſoit qn'offrir des pipes d'or au Génie
à meſure qu'il les lui demandoit.

La Princeſſe étoit, depuis pluſieurs
minutes, avec lui, ſans qu'il l'eût apperçue. A la fin, levant les yeux, & poſant
ſa pipe d'une main, il prit ſes lunettes de l'autre, pour mieux la regarder. Que me voulez-vous, lui
dit-il? — Votre protection, Seigneur. — Voyons, tout de ſuite,
de quoi il s'agit; je n'ai pas le loi-
ſir de vous écouter long-temps. La
Princeſſe lui fit un détail ſuccint de
ſes malheurs, du ſujet de ſon voyage
à ſa Cour, & de toutes les particularités de ſon aventure.

Lorfqu'il fut qu'elle étoit fille du
Génie Bionalbo, il la fit affeoire.
Votre pere eft puiffant, il eft mon
allié, je ne me foucie pas de me-
brouiller avec lui : je ne me déci-
derai à vous fervir que lorfque j'aurai calculé fi mon intérêt le permet.

Auffi-tôt, il raffembla tous fes
nombres arithmétiques, il les ar-
rangea de mille façons; après bien
des calculs : je vois, dit-il, que je
puis entreprendre cette affaire : allez,
je me rendrai au rendez - vous. La
Princeffe le remercia, dans les termes
les plus reconnoiffans. — Je n'exige
pas tous ces complimens, Madame;
partez bien vîte : quand on veut
profiter de l'occafion, il ne faut pas
perdre de temps en vaines paroles.
*De l'expédition en affaires; voilà ma
devife.* Je calcule tout cela moi.

La Princesse se retira bien satisfaite d'avoir réussi aussi promptement,
avec un Génie si peu galant.

CHAPITRE XXIII.

Amerina flattée de fes fuccès, ne craignoit plus les rufes de la Fée *Diffimulée*. Elle s'acheminoit tranquillement vers les Etats du Génie bienfaifant : mais la Fée ne l'avoit pas perdue de vue. Elle n'attendoit qu'une occafion pour mieux faire éclater fa haîne.

La route étoit belle, la Princeffe s'occuppoit, avec fa nourrice, de mille projets de bonheur, du plaifir qu'elle auroit de revoir fon cher Congrelino, & de l'impatience qu'elle avoit d'arriver à Zéphire.

Tout-à-coup, une roue de fa voiture fe brife. En attendant qu'on arrange

ma voiture, affeyons nous fur l'herbe,
dit-elle, à Collonide, je lâcherai
un moment ma jarretiere, elle me
gêne beaucoup aujourd'hui. — Prenez garde, Madame....

A peine la Nourrice eut-elle parlé, que la Princeffe & fa jarretiere,
difparurent au même inftant.

Collonide s'écria : c'eft la Fée *Diffimulée*! Une grande fauterelle étoit continuellement au tour de ma Maîtreffe,
je n'ai pas eue le temps de l'avertir. Pourquoi a-t-elle lâché fa jarretiere ? Malheureufe *Amerina* ! où
vous retrouver à préfent ?

La pauvre femme s'abandonna
au plus affreux défefpoir. Les Zé-
phirins firent des épigrames fan-
glantes & badines, & compoferent
fur le champ plufieurs chanfons in-

téreffantes contre la Féc. L'on con-
vint cependant d'arrêter trois jours
au même endroit, efpérant qu'un bonheur imprévu rameneroit peut-être la
Princeffe.

CHAPITRE XXIV.

A peine la Princesse fut - elle au pouvoir de *Dissimulée*, que celle-ci l'embarqua dans une chaloupe. La rapidité d'un torrent la conduisit bientôt à l'entrée d'une caverne affreuse, dont la voûte basse & étroite sembloit l'étouffer en passant. Elles y entrerent ensemble. Je te laisse ici en proye à tes regrets & à tes remords, lui dit la Fée, & aussi-tôt elle la quitta.

Un bruit épouvantable de monstres marins , de lames d'eaux qui tomboient avec violence, étoit interrompu de temps en temps par des sanglots, des gémissemens & des cris funebres. Succéda à son tour un si-

lence affreux, tel qu'il exifte dans le
tombeau. Ah, Dieux! s'écria la Princeffe, comment pourrai-je me fouf-
traire à l'horreur qui m'environne?
Comment fortir de ce lieu funefte?
Ma cruelle ennemie m'y fera mou-
rir de mifere. La mort : dois-je la
craindre? Peut-être ne m'accordera-
t-elle pas ce bienfait : fa malice me
prépare d'autres punitions. Ah, *Pru-*
dente! Prudente! tu m'as oubliée.
Tu m'abandonnes..... Mais pourquoi
accufer la Fée? N'eft-ce pas mon
imprudence, qui caufe mon malheur? Funefte jarretiere! fi je ne
t'avois pas lâchée? C'en eft fait; je
ne reverrai plus mon cher Congrelino : mes liens font rompus avant
d'avoir été formés.... Mais pourquoi
n'ai-je pas fuivie les confeils de la
Fée *Prudente?* Oracle trompeur!
Deftin barbare! tu t'es joué de moi:

que ne me prédifois-tu cette cruelle cataftrophe ?

Elle tint ces difcours & mille autres auſſi douloureux, pendant que la Fée *Diſſimulée* ſe rendit chez Congrelino.

La Fée arriva chez ce Prince, au moment qu'il donnoit ſes ordres pour recevoir la Princeſſe par les conſeils de la Fée *Prudente*. Il recula d'effroi, lorſqu'on lui annonça *Diſſimulée*. Tu ne m'attendois pas, lui dit-elle : ſi tu veux te foumettre à mes loix, je t'apportes la paix & l'abondance : ſi tu me refuſe, les plus grands malheurs font ton partage. *Amerina* eſt en mon pouvoir ; une affreuſe caverne la fouſtrait aux yeux des mortels. Sa liberté dépend de toi. Si tu te foumets, tu la reverra, & peut-être tu la poſſéderas. Je te laiſſe trois heures pour te décider.

cider. — Il s'agit du fort de la Princesse, Madame. Je me soumets......
La Fée *Prudente* ne laissa pas le
temps au Prince d'achever; elle accourut, donna un coup de baguette
à *Dissimulée*, & lui arracha la fatale jarretiere qu'elle tenoit à la
main. Apprends à respecter mon
pouvoir, lui dit-elle fierement. Tu
fais que le destin te força, en tout
temps de me céder. *Dissimulée* vain-
cue se retira, sous la forme d'un
serpent, dans une forêt voisine ; on
entendit des sifflemens affreux.

Les promesses de mon ennemie
t'ont flatté davantage que mes conseils, Congrelino, lui dit la Fée
Prudente ; cependant tu ne seras
jamais heureux qu'en pratiquant mes
préceptes, & en fermant l'oreille
à ceux qui ne suivent pas mes loix.
sois dorénavans moins crédule, &

K

fois plus confiant. Tu reverras ta chere
Amerina ; je vais la délivrer des
piéges de *Dissimulée*.

Aussi-tôt elle disparut & se transporta où étoit la Princesse : un
trait de lumiere la devançoit : à son
approche, tout devint paisible. La
caverne, le fleuve, tout s'évanouit ;
la Fée, la Princesse, la Nourrice
& les Zéphyrins, se trouverent réu-
nis, au même endroit où *Amerina*
leur avoit été enlevée. Ils se té-
moignerent, réciproquement, par
des démonstrations de joie, celle
qu'ils avoient de se revoir. La Nourrice fit éclater la sienne par mille
extravagances ; elle se prosterna devant la Fée, lui tint les discours les
plus tendres ; la Princesse n'eut pas
la force de parler ; elle se saisit des
mains de *Prudente*, les arrosa de
ses larmes, & les porta plusieurs

fois à fa bouche & à fon cœur.
Cette fcene muette eut plus d'éloquence que tout ce que la rhétori-
que la plus fublime, auroit pro-
duit, fur un auditoire d'amans in-
fortunés.

Ne crains plus *Diffimulée*, lui dit
la Fée, retourne chez le Génie Zé-
phyrin ; je vais l'inftruire des pré-
cautions qu'il doit prendre pour te
conduire chez le Prince Congrelino.
Elle monta dans fon char attelé de
quatre aigles, & la Princeffe continua
fa route heureufement.

CHAPITRE XXV.

Aussi-tôt à son arrivée à la Cour du Génie, elle lui fit part de ses aventures & du succès de son voyage. Les deux autres Génies arrivèrent bientôt. Ils se rendirent, avec la Princesse, au bord de la mer. Tout le monde attendoit le moment de leur embarquement ; mais on ne vit aucun vaisseau. La curiosité étoit peinte sur tous les visages. On connoissoit la puissance du Génie sur les autres élémens ; mais on ignoroit encore l'étendue de son pouvoir sur celui-ci. Alors *Bienfaisant* donna un coup de baguette sur les sables de la plage où ils étoient assemblés ; aussi-tôt il en sortit une flotte formidable. Celle de *deux Génies* ne tarda pas à paroître; mais elle étoit fi foible, en comparaifon de celle-ci, qu'à peine en parla t'on.

Les trois Génies & la Princeffe s'embarquerent ; leur navigation fut heureufe ; ils rencontrerent les vaiffeaux du Génie Bionalbo, qui s'oppoferent vainement à leur paffage. Ils arriverent après peu de jours aux domaines du Prince Congrelino , qni les reçut accompagné de tous fes vaiffeaux. La joie publique fut célébrée par des fêtes où ils affifterent.

Il eft temps, dit le Génie *Bienfaifant*, d'accomplir la promeffe de l'Oracle. *Génies*, défenchantons la Princeffe. Ils y confentirent ; tous trois d'accord , ils rompirent le *charme* qui la captivoit ; la ceinture difparut, & *Amérina* fut libre. Elle remercia fes bienfaiteurs ; mais elle attribua fur-tout fon bonheur au bien-faifant Génie des Zéphyrins.

Il faut achever mon ouvrage, dit-il : uniffons le Prince & la Princeffe... La Fée *Prudente* apparut : arrête, lui dit-elle, j'ai une grande nouvelle à t'apprendre. Les yeux de Bionalbo fe font à la fin ouverts ; il a ren-voyé tous les partifans de la Fée *Diffimulée*. Des hommes plus paifi-bles ont pris leur place. Il con-fent enfin aux noces de fa fille ; rempliffons les décrets du deftin ; on reconnoît tôt ou tard, qu'il eft inutile de s'oppofer à fon pouvoir. Marions les deux amants, rendons-les heureux, & que les plaifirs célé-brent ce beau jour.

F I N.